D0871207

anything.

Tema: Mi país en el mundo   **Subtema:** Comidas del mundo

Notas para padres y maestros:

En este nivel de lectura, su hijo dependerá menos del patrón de las palabras en el libro y más de las estrategias de lectura para entender las palabras de la historia.

RECUERDE: ¡LOS ELOGIOS SON GRANDES MOTIVADORES!

Ejemplos de elogios para lectores principiantes:

- ¡Tu dedo coincidió con cada palabra que leíste!
- Me gusta cómo te ayudaste de la imagen para descifrar el significado de esa palabra.
- ¡Noté que viste algunas palabras comunes que sabes cómo leer!

¡Ayudas para el lector!

Estos son algunos recordatorios para antes de leer el texto:

- Usa las pistas que te dan las imágenes para entender las palabras de la historia.
- Prepara tu boca para decir el sonido de la primera letra de una palabra. Sigue así hasta el final de la palabra.
- Sáltate las palabras que no sepas y lee el resto de la frase para ver qué palabras tendrían sentido en ella.
- Usa palabras comunes que te ayuden a entender otras palabras en la frase.

Palabras que debes conocer antes de empezar

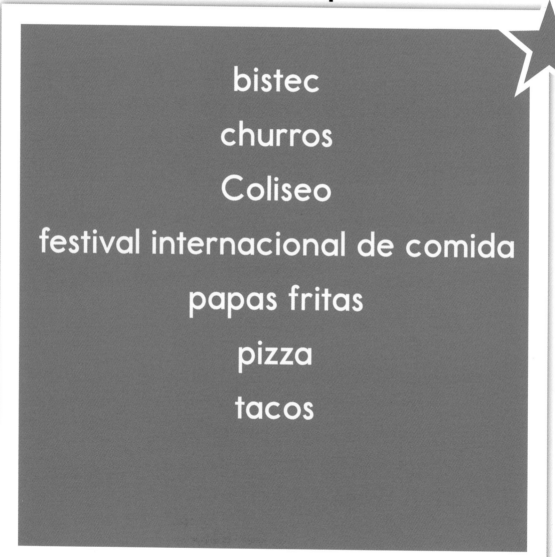

bistec

churros

Coliseo

festival internacional de comida

papas fritas

pizza

tacos

COMIENDO
alrededor del
MUNDO

De Craig Marks
Ilustrado por
Isabella Grott

Rourke
Educational Media
rourkeeducationalmedia.com

Es un festival internacional de comida.

Ross y Dave están emocionados.

¡Guau, la oferta es impresionante!

Esta comida es de
Estados Unidos.

Comamos bistec y papas fritas.

Quiero pastel de queso para el postre.

¡Ven acá! Es Italia.

¡Sí, allá está el Coliseo!

Comamos pizza.

Quiero *gelato* de postre.

¿Dónde estamos ahora?

Estamos en México.
¡Comamos un poco más!

Comamos tacos
y nachos.

Quiero churros de postre.

¡Comí demasiado! Estoy muy lleno.

Yo también estoy lleno.
No puedo comer más.

¿Quieres probar esto?

¡No queremos más comida!

Ayudas para el lector

Sé...

1. ¿Por qué están emocionados Ross y Dave?

2. ¿Cómo sabían que era Estados Unidos?

3. ¿Dónde está el Coliseo?

Pienso...

1. ¿Alguna vez has ido a un festival de comida?

2. ¿Has probado la comida italiana?

3. ¿Te gusta probar comidas nuevas? ¿Por qué sí o por qué no?

Ayudas para el lector

¿Qué pasó en este libro?
Mira cada imagen y di qué estaba pasando.

Sobre el autor

A Craig Marks le encanta pescar, pasear en bote y disfrutar del cálido sol de la Florida. Nacido y criado allí, disfrutó de una carrera docente durante muchos años, centrándose en las ciencias marinas y en la vida silvestre nativa. Con un enfoque práctico, a menudo llevaba a su aula criaturas vivas del océano y otros animales. Le encanta escribir sobre todos los temas, ¡siempre y cuando haga sonreír a quien lo esté leyendo!

Sobre la ilustradora

Isabella Grott nació en 1985 en Rovereto, una pequeña ciudad en el norte de Italia. Cuando era niña le encantaba dibujar, así como jugar afuera con Perla, su bella pastora alemana. Estudió en la Academia Nemo de Artes Digitales en la ciudad de Florencia, donde vive actualmente con su gata, Miss Marple. Isabella también tiene otras pasiones: viajar, ver películas y ¡leer mucho!

Library of Congress PCN Data
Comiendo alrededor del mundo / Craig Marks
ISBN 978-1-64156-355-0 (hard cover - spanish)
ISBN 978-1-64156-043-6 (soft cover - spanish)
ISBN 978-1-64156-118-1 (e-Book - spanish)
ISBN 978-1-68342-729-2 (hard cover)(alk. paper)
ISBN 978-1-68342-781-0 (soft cover)
ISBN 978-1-68342-833-6 (e-Book)
Library of Congress Control Number: 2017935444

Rourke Educational Media
Printed in the United States of America,
North Mankato, Minnesota

© 2018 Rourke Educational Media

www.rourkeeducationalmedia.com

Editado por: Debra Ankiel
Dirección de arte y plantilla por: Rhea Magaro-Wallace
Ilustraciones de tapa e interiores por: Isabella Grott
Traducción: Santiago Ochoa
Edición en español: Base Tres